El chapuzón de Berk

Coordinación de la colección: Mariana Mendía
Cuidado de la edición: Carla Hinojosa Guerrero
Formación: Antonio Montero
Diseño de forros: Javier Morales Soto
Traducción: Mariana Mendía

El chapuzón de Berk

Título original en francés: *Le bain de Berk*

Texto e ilustraciones : Julien Béziat
D. R. © 2016, *l'école des loisirs*, París
Publicado por acuerdo con Isabelle Torrubia Agencia Literaria

Primera edición: enero de 2017
D. R. © 2016, Ediciones Castillo, S. A. de C. V.
Castillo ® es una marca registrada.
Insurgentes Sur 1886. Col. Florida.
Del. Álvaro Obregón.
C. P. 01030, México, D. F.

Ediciones Castillo forma parte del Grupo Macmillan.

www.grupomacmillan.com
www.edicionescastillo.com
infocastillo@grupomacmillan.com
Lada sin costo: 01 800 536 1777

Miembro de la Cámara Nacional de la Industria Editorial Mexicana.
Registro núm. 3304

ISBN: 978-607-621-710-8

Impreso en México / *Printed in Mexico*

Julien Béziat

El chapuzón de Berk

CASTILLO DE LA LECTURA

El otro día les pasó algo terrible a mis juguetes.

Ocurrió mientras estaba en mi cuarto. Me lo contó Berk, el pato.

Era la hora del baño y puse a Berk en el
borde de la tina. Me fui a jugar mientras
el agua terminaba de caer.

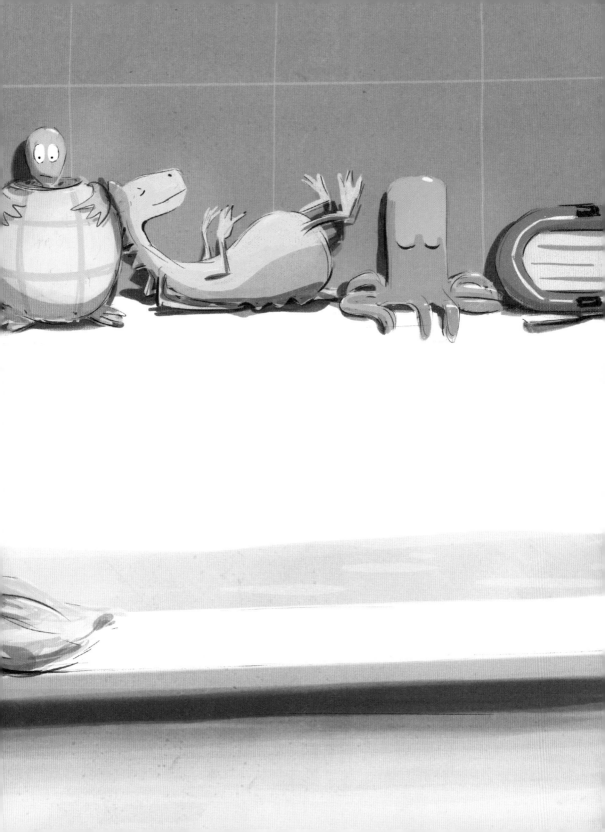

El problema comenzó cuando
Berk se resbaló y...

Parecía contento de estar en el agua. Casi nunca se baña.

Quiso decirles *holaaa* a mis juguetes de hule pero sólo pudo gritar:

—¡Gloglaaa!

—¡Berk se ahoga! —gritó Fuji, la tortuga.

El único que sabe nadar bien es Drago, pero
cuando quiso salvar a Berk sintió que el agua
estaba muy caliente.

Berk empezó a gritar:

—Cuiglaglo... ¡Glemegligleglíglíglenglaglina!

—¿Qué dijo? —preguntó Kraken.

—¡Que se está quemando! —se lamentó Fuji.

—Tengo una idea —propuso Tito, el elefante—.
Voy a echar agua fría.

Tito abrió la llave y, sin querer, tiró
el champú y el jabón en la tina.

El agua comenzó a hacer espuma...

Cuando Tito cerró la llave, ya no podían ver a Berk.

—Oh, no. Se asfixió con la espuma... —suspiró Fuji.

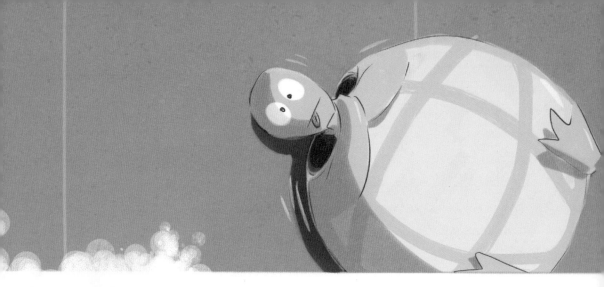

—Eshtosh biesh —respondió Berk a través de la espuma—, pesho meshisheshishíenshashina.

—¿Qué dijo? —preguntó Kraken.

—Que... ¡se atoró con la cadena del tapón! —sollozó Fuji.

—¡Vamos al rescate! —gritaron Drago y Kraken.

—¡Blobla! —exclamó Berk cuando aparecieron Drago y Kraken— beblo bluiblablo, mebliblebliblíenblablina.

—¿Qué? —preguntó Kraken.

—No entendemos nada —dijo Drago—. Kraken, jala la cadena.

El agua comenzó a girar y girar.

¡Flushhhhhh!

—¡Es el fin! —exclamó Fuji, desde el borde de la tina—. ¡La tina se los tragará!

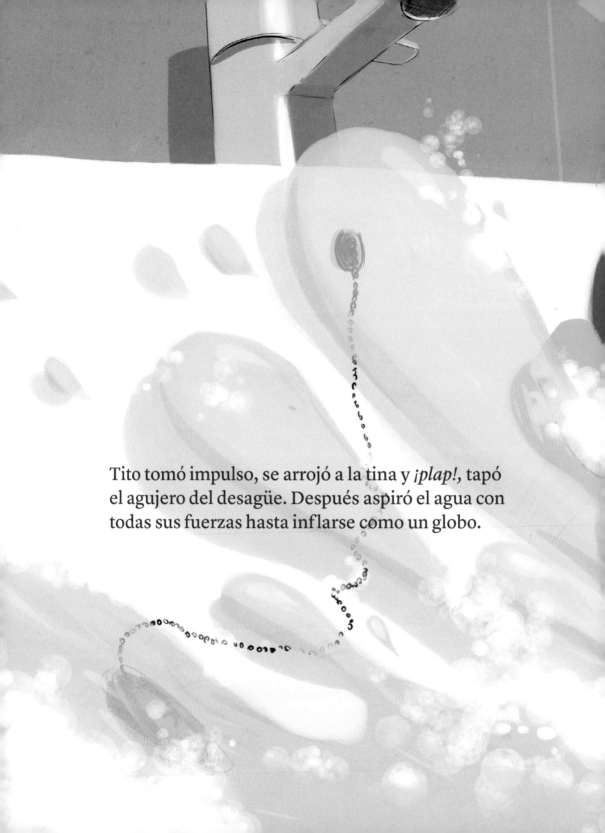

Tito tomó impulso, se arrojó a la tina y *¡plap!,* tapó el agujero del desagüe. Después aspiró el agua con todas sus fuerzas hasta inflarse como un globo.

—¡Estábamos muy preocupados por ti! —le dijo
Drago a Berk.

—Gracias, pero no tenían por qué inquietarse
—respondió Berk—. Me divertí mucho y sólo
quería decirles: cuidado...

... que me hice pipí en la tina.

—¡Guácala, Berk!

Impreso en los talleres de
Editorial Impresora Apolo S.A. de C.V.
Centeno 150-6. Col. Granjas Esmeralda.
Del. Iztapalapa. C.P. 09810, México D.F.
Enero de 2017.